FLOWER FRESH DEO
noch sanfter

SARAH
BARCZYK

NENN MICH KAI

NENN MICH KAI

Von Sarah Barczyk

Originalausgabe:

verlegt durch
Egmont Verlagsgesellschaften mbH
Gertrudenstraße 30-36, 50667 Köln

1. Auflage
Verantwortlicher Redakteur: Christopher Bünte
Textbearbeitung: Ulrike Marotz
Gestaltung: Thomas Gilke
Lettering: Sarah Barczyk
Koordination: Theresa Lindenstruth
Printed in the EU (675274)
ISBN 978-3-7704-5529-4

www.sarah-barczyk.de
www.egmont-graphic-novel.de

MIX
Papier aus verantwortungsvollen Quellen
FSC® C002795

AUTSCH.
BLÖDE NADELN.
DAS GIBT BESTIMMT WIEDER BLAUE FLECKEN.
MH, KAJAL, KAJAL ...

MH.

KLAPPT IMMER BESSER.
HALLO, KAI.
WER IST DAS DENN?
DING DONG
JA, HALLO?
HEY, ANDREA. ICH BIN ES, MARKO.
HI, ABER WIR SIND DOCH ERST MORGEN VERABREDET.
NEE, HEUTE.
OH, MIST!
WAS?

NICHTS! ICH MACH DIR AUF!
WENN MARKO MICH MIT DEM FALSCHEN BART SIEHT ...
SCHNELL ABWASCHEN!
SCHEISSE!
SCHEIFFE!
SCHEIFFE!
SCHEISSE!
DING-DONG DING DONG DING DONG
JA, JA! BIN SCHON DA!

HEY!
HI! WAS IST DENN MIT DEINEM GESICHT?
WIE? WAS?
DU HAST DA 'NEN FLECK.
HAST DU VERSUCHT, DICH ZU SCHMINKEN?
HA, HA.
ODER ERWARTEST DU NOCH WEN?
JA, JA. KRIEG DICH WIEDER EIN. ICH HOL WAS ZU TRINKEN.
HEHE.
IST ELSA EIGENTLICH DA?
NEE, DIE IST BEI IHREM FREUND. WEISS NICHT, WANN DIE WIEDERKOMMT.
DANKE.
O. K., ZUERST „EPIC HATS"?
JA, DA, WO WIR AUFGEHÖRT HABEN.

BOAH, DAS WOLLTE ICH NOCH ERZÄHLEN!
LETZTE WOCHE HABE ICH „FORCEFIELD ONLINE" AUSPROBIERT, ABER WEHE, ICH HABE IRGENDWAS INS MIKRO GESAGT, DA WURDE ICH DIREKT AUSGELACHT, WEIL ICH EINE FRAUENSTIMME HABE.
FRAUEN WIE DU HABEN DA AUCH NICHTS VERLOREN.
DU AFFE!
HEY! DAS WAR DOCH NUR EIN WITZ! TOLL! JETZT BIN ICH TOT!
AUSSERDEM HAST DU DOCH EHER EINE TIEFE STIMME.
JA? FINDEST DU?
ICH WILL DICH DAMIT NICHT BELEIDIGEN!
NEIN, ICH SEHE DAS ALS KOMPLIMENT.

PASST AUCH BESSER ZU DIR.
WIESO?
NA, ICH SEH DICH MEHR ALS EINEN KUMPEL, NICHT SO WIE ANDERE FREUNDINNEN.
DA HÖR ICH IMMER NUR:
„UND DANN MEINTE DIE, ICH SÄHE FETT AUS IN DER HOSE! SO EINE BLÖDE KUH!"
„ABER WER GRÜNEN NAGELLACK ZU ROTEN SCHUHEN AUFTRÄGT, DEN KANN MAN EH VERGESSEN."
PRUST!
UND WAS, WENN ICH ECHT EIN MANN WÄRE?

HÄ?
DANN WÄRST DU EBEN EIN MANN.
WELCHER LEVEL?
UND WAS, WENN ICH EIN MANN **BIN**?
ÄHM, BIST DU ABER NICHT ...
ÖHM, DOCH, ALSO INNEN QUASI, ALSO ICH WEISS DAS EINFACH. SCHON IMMER IRGENDWIE ...
WAS MEINST DU GENAU?
ICH HATTE MIR EINEN BART GESCHMINKT, DESWEGEN DER FLECK.
UND DIE BRUST BINDE ICH MIR OFT AB, WEIL SIE SO GROSS IST. MIT DER SEHE ICH ERST RECHT NICHT AUS WIE EIN MANN.
ALLE SEHEN NUR DIE ANDREA.
NUR ICH NICHT.

DU MEINST DAS ERNST, ODER?
JA.
DU GLAUBST, DU BIST TRANSSEXUELL?
ICH **WEISS** ES.
OKEE ...
DU DENKST JETZT SICHER, ICH BIN VERRÜCKT ODER KRANK.
WAS? NEIN! ES IST NUR ... ÜBERRASCHEND. OBWOHL, IRGENDWIE ERKLÄRT DAS SO EINIGES.
ÄHM, HEISST DAS JETZT AUCH, DASS ICH DICH ANDREAS NENNEN SOLL?
KAI WÄRE MIR LIEBER.
MENSCH, DU NIMMST DAS SO LOCKER AUF!
NA JA, ES IST SCHON GEWÖHNUNGSBEDÜRFTIG UND ETWAS SELTSAM, ABER DU BIST SCHLIESSLICH MEIN BESTER KUMPEL!
NUR EINS MÜSSEN WIR VORAB **DRINGEND** KLÄREN!
WAS DENN?

STEHST DU AUF MÄNNER ODER AUF FRAUEN?
PFFT!
MACH DIR MAL KEINE SORGEN. AUF DICH STEHT EH NIEMAND!

SO, FRAU MEYER.
Dr. med. Thea U
Fachärztin für Allgemeinm
Sprechzeiten
Mo Di Mi DO
HINTEN IN DIE VIER WIE IMMER.
MAMA, WIE LANGE NOCH?
SETZ DICH.
DANN ... HERR MÜLLER, BITTE.
FRAU MÜLLER.
OH, ÄH ...
ENTSCHULDIGEN SIE, FRAU MÜLLER.
MAMA, WARUM HAT DIE FRAU SO EINE TIEFE STIMME?
SETZ DICH.

IN DIE ZWEI, BITTE.
WIESO STEHT HIER HERR?
AH, INTERESSANT. TRANSIDENTITÄT ... BEHANDLUNG ... AHA! BEHANDELNDER PSYCHOLOGE: STEFAN BORCHERT.
EINEN MOMENT NOCH, FRAU DOKTOR ULRICH KOMMT SOFORT.
MACHST DU JETZT PAUSE?
JA.
TERMIN-ABSPRACHE ...
JA, ÄHM, SIE BEHANDELN DOCH MENSCHEN MIT TRANSIDENTITÄT?
MH, JA.
JA, ICH BIN MIR DA SEHR SICHER, ABER TROTZDEM MUSS ICH JA EINE THERAPIE BEGINNEN.
JA.
IN SECHS WOCHEN EIN ERSTGESPRÄCH?
JA, AB SIEBZEHN UHR?
JA? GUT, DANKE, BIS DANN!
Dr. med

HALLO,
DU HÜBSCHE!

ÄH, HALLO?
DU SOLLTEST DICH BEI MIR ENTSCHULDIGEN.
ÖH, FÜR WAS?
NA, WEIL MICH DEINE SCHÖNHEIT GEBLENDET HAT.
KÖNNTEST ES JA BEI EINER TASSE KAFFEE WIEDERGUTMACHEN.
AH, JA.

SETZ DEINE SONNENBRILLE AUF, WENN DU NICHT GEBLENDET WERDEN WILLST.
HAHA, BEI DIR BRAUCH ICH DIE EH NICHT.
DU BIST JA MEHR MANN ALS FRAU.
IN DEM FALL SCHLAGE ICH VOR ...
... DASS WIR ES MANN ZU MANN REGELN!
O MANN, VÖLLIG DURCHGEKNALLT.
SUCHEN WIR UNS WAS BESSERES.

EINEN SCHÖNEN TAG NOCH!
DÄMLICHE KAMPFLESBEN!
ARSCH.
WUFF WUFF
SO, DIE SIND WIR LOS.
DANKE, ANDREA.
ICH WEISS NIE, WAS ICH AUF SO ANMACHEN ANTWORTEN SOLL, ABER DU BIST IMMER SO SCHLAGFERTIG.
AUCH NICHT IMMER ...
HEHE, ABER DAS MIT DER SONNENBRILLE WAR GUT.
UND DAS MIT DEM „MANN ZU MANN", HA, HA!
JA, HA, HA.

AH, HIER IST DIE PRAXIS.
O MANN, ICH BIN SO AUFGEREGT. WIE DAS WOHL WIRD?
WAS DER WOHL FRAGEN WIRD? VIELLEICHT GLAUBT ER MIR JA GAR NICHT ...
NA JA, ABER ES IST JA SEIN JOB UND ER IST SOGAR SPEZIALISIERT. ABER WAS, WENN ER SAGT, ICH SEI PSYCHISCH KRANK?
UND DANN KOMM ICH INS IRRENHAUS ...

AH, GUTEN TAG! KOMMEN SIE REIN!
GUTEN TAG.
HABEN SIE GUT HERGEFUNDEN?
JA.
SO, DANN SCHAUEN WIR MAL. SIE KOMMEN HEUTE ZUM ERSTGESPRÄCH.
JA, ICH, ÄHM, WEISS GAR NICHT, WAS ICH ERZÄHLEN SOLL.

MACHEN SIE SICH DARÜBER KEINE SORGEN, ICH WERDE IHNEN ERST MAL EIN PAAR FRAGEN STELLEN, UM SIE BESSER KENNENZULERNEN.
SOLLTEN SIE DAS GEFÜHL HABEN, AUF ETWAS NICHT ANTWORTEN ZU KÖNNEN ODER ZU WOLLEN, DANN IST DAS VÖLLIG IN ORDNUNG, UND WENN SIE IRGENDWELCHE FRAGEN HABEN SOLLTEN, DANN STELLEN SIE DIESE GERNE.
WIR FANGEN GANZ EINFACH AN MIT NAME, ALTER, FAMILIE ETC. UND GEHEN DANN WEITER INS DETAIL.
OH, O. K.

SO, DANN WÄREN WIR MIT ALLEM DURCH. HABEN SIE NOCH IRGENDETWAS ZU ERGÄNZEN, ODER FRAGEN?
NEIN, EIGENTLICH NICHT.

ALSO VON MEINER SEITE AUS KANN ICH MIR GUT VORSTELLEN, MIT IHNEN ZUSAMMENZUARBEITEN. ICH WÜRDE MICH DANN BEI IHNEN MELDEN, SOBALD EIN PLATZ FREI IST.
FALLS SIE BIS DAHIN EINEN ANDEREN THERAPEUTEN GEFUNDEN HABEN ODER KEINE THERAPIE MEHR MACHEN MÖCHTEN, MELDEN SIE SICH BITTE BEI MIR.
O. K., ABER ICH DENKE, ICH WARTE AUF EINEN PLATZ BEI IHNEN.

GUT, ICH MELDE MICH UND BIS DAHIN ALLES GUTE.
DANKE.
WIEDERSEHEN.
MANN, DAS WAR JA GAR NICHT SO SCHLIMM WIE BEFÜRCHTET.
ICH RUF MAL MARKO AN, DER WOLLTE JA WISSEN, WIE ES WAR.
HEY, MARKO ...
JA, KOMM ICH GRAD ...
NEIN, ICH BIN NICHT VERRÜCKT ...

KASSE
20 %
BEI DEN MÄNNERSACHEN GIBT ES WENIGSTENS MEINE GRÖSSE.
HÖ, WER RUFT DENN JETZT AN?
DÜDELDÜ DÜDELDÜ
HALLO, MAMA.
ICH KAUF GRAD KLAMOTTEN.
EINE HOSE.
2 FÜR 1
6,99€
JA, UND NATÜRLICH NEUE UNTERHOSEN.

WIESO KAUF ICH ÜBERHAUPT FRAUENHOSEN? MÄNNERHOSEN SIND DOCH VIEL BEQUEMER.
O. K., BEI HERRENHEMDEN IST DAS DOOF MIT DER HÜFTE, ABER ANSONSTEN ...
PASST!
MH, DA UNTEN IST NATÜRLICH VIEL LUFT ...
GENUG PLATZ FÜR 'NE SOCKE.
OBWOHL, DA GIBT'S DOCH SICHER WAS BESSERES.

AUSSTOPFEN – FRAU ZU MANN – TRANSGENDER – AH, STUFFER HEISST DAS! MAL GUCKEN.
Stuffer - Packer - Zubehör
Modell Bob
designed für den täglichen Gebrauch.
> mehr Produktdetails
49,99€
Boxer
Modell Jean
Unbeschnittener Packer aus superweichem Silikon. Erhältlich in drei verschiedenen Größen.
> mehr Produktdetails
49,99€
Tom
Modell William
Das Deluxe-Modell unter den Packern.
Strap
WOAH, O. K., SEHR LEBENSNAH.
IST ELSA EIGENTLICH DA?
ACH, EGAL.
WAS GIBT'S DENN NOCH?
Kurztop
Kurzer Binder aus Mikrofaser. Verdeckte Reißverschlüsse auf beiden Seiten. Hoher Tragekomfort und erstklassiges Binde-Ergebnis durch doppelt gesteppte Vorderfront.
65,95€
MH, BINDER. DIE HATTE ICH SCHON MAL GESEHEN.
für einfaches und schnelles Anlegen.
29,99€

ABER EIN GUTER BINDER IST SO SAUTEUER.
ABER AUF DAUER DIESE BEHELFSBANDAGEN? STÄNDIG HABE ICH BLAUE FLECKEN ...
O. K., ZEIT FÜR EINEN BINDER!
1

HEY, ANDREA!
DA IST EIN PAKET FÜR DICH GEKOMMEN.
OH, DANKE, HAB DICH NICHT GEHÖRT.
YAY, DER BINDER IST DA. JETZT BIN ICH MAL GESPANNT.
ÖH, IN DAS KLEINE TEIL SOLL ICH REINPASSEN?

NA JA, MUSS JA AUCH ...
... ENG SEIN!
O. K. ...
... GLEICH ...

GESCHAFFT!

WELCHEN BENUTZT DU DENN?
ACH, MEINER IST SCHON SO ALT.
ICH GLAUBE, DIE MARKE.
ABER IM GRUNDE SIND DIE ALLE GLEICH GUT.
WILLST DU DIR DENN JETZT SCHON EINEN KAUFEN?
NEE, ICH WOLLTE NUR MAL GUCKEN.
MH.

DAS WIRD EH NOCH DAUERN, BIS ICH MICH RASIEREN KANN.
WENN ÜBERHAUPT.
NATÜRLICH! DAS KLAPPT SCHON!
NEU
POWE
NEU
POWE
UND DU WEISST, DASS DU MICH ALLES WAS „MANN SEIN" ANGEHT, FRAGEN KANNST.
DANKE.

ICH MUSS EH NOCH VIEL TRAINIEREN.
ZUM BEISPIEL ...
... DAS SPRECHEN.
DIE HALTUNG.
JA, UND DU GEHST VIEL ZU FEMININ.
SO GEHT DAS!
SCHÖN O-BEINE MACHEN UND LOCKER SCHWINGEN!
PFFT!

WIE GEHT ES IHNEN?
NA JA, NICHT SO DOLL ...
WIESO?
AM FREITAG MUSS ICH ZU MEINEN ELTERN.
ICH BIN SCHON LÄNGER NICHT DA GEWESEN UND WEISS NICHT, WIE ES WIRD, WENN ICH MICH OUTE, UND OB ICH MICH ÜBERHAUPT OUTEN SOLL.
UND ICH WEISS JA AUCH GAR NICHT, WIE SIE REAGIEREN WERDEN.
MÖCHTEN SIE ES DENN IHREN ELTERN SAGEN?
JA, NATÜRLICH. SIE SIND AUCH EIGENTLICH SEHR AUFGESCHLOSSEN, ABER TROTZDEM.
ICH WEISS NICHT.
SO FRÜH?
WOVOR HABEN SIE DABEI AM MEISTEN ANGST?
DASS SIE MIR EINFACH NICHT GLAUBEN.

GUT, DASS DU MITHILFST!
JA, KEIN DING.
PHYSIOTHERAPIE
6
8

DIE NEUE PRAXIS WIRD ECHT SCHÖN.

PAUSE?
JO.
WIE IST ES AUF DER ARBEIT?
ACH, WIE IMMER.
UND SONST?
ACH JA, GANZ O. K.

WAS MACHT BRITTA?
DIE IST NICHT MEHR BEI UNS IN DER PRAXIS. DIE IST JETZT BEI EINER FRAUENÄRZTIN.
ACH SCHÖN, ABER IHR SEHT EUCH NOCH?
JA, KLAR.
UND MARKO? HAT ER SCHON EINE FREUNDIN?
HÖR DOCH MAL AUF, UNS EWIG ZU VERKUPPELN.
ICH MEIN JA NUR.
ERNSTHAFT, DER IST DOCH 'NE GUTE PARTIE.
MAMA!
UND SONST IST NIEMAND IN AUSSICHT?

DU BIST SCHON ACHTZEHN UND HAST NOCH NIE EINEN FREUND NACH HAUSE GEBRACHT.
ICH WOHN DOCH GAR NICHT MEHR BEI EUCH.
AHA, VERSTEHE.
SO MEINTE ICH DAS NICHT!
MEINETWEGEN KANN ES AUCH EINE FREUNDIN SEIN.
ÖH, JETZT ECHT?

JA, NATÜRLICH! HAUPTSACHE, DU BIST GLÜCKLICH.
ICH HAB ABER GRAD KEINE FREUNDIN.

GRAD? HATTEST DU DENN SCHON EINE?
MAMA, DARUM GEHT ES NICHT!

JA, ICH MAG FRAUEN, ABER ICH BIN NICHT LESBISCH!
WIE?
ANDREA, DAS MACHT KEINEN SINN.
DU BIST ABER ...
DOCH, MACHT ES, WENN MAN EIN MANN IST.
HABEN SIE 'NEN MOMENT ZEIT?
ANDREA, DU BIST GANZ VERWIRRT, DAS IST NORMAL IN DEINEM ALTER.
LASS UNS SPÄTER NOCH MAL DARÜBER SPRECHEN.
TOLL, ÜBERHAUPT NICHT, WIE ICH ES GEPLANT HATTE.

ANDREA! ESSEN IST FERTIG!
JA!
ICH WAR IM BADEZIMMER!

MAMA MEINTE, DU HAST EINE FREUNDIN?
NEIN, „HATTE".
WAS? NEIN! KEINS VON BEIDEN!
DU WEISST, DASS WIR DAS IN ORDNUNG FINDEN.
JA, ICH HAB'S KAPIERT. ABER ES GEHT UM WAS GANZ ANDERES.
DASS DU EIN MANN BIST?
DAS IST QUATSCH, ANDREA.
KEIN QUATSCH. ICH WOLLTE ES EUCH ANDERS BEIBRINGEN, ABER JETZT IST ES EH EGAL!
ICH BIN TRANSSEXUELL.

ANDREA, DEIN LEBEN LANG BIST DU EINE FRAU UND AUF EINMAL WILLST DU EIN MANN SEIN?
NEIN, ACHTZEHN JAHRE FÜHLT MAN SICH ALS MANN, IST ABER EINE FRAU UND IST VERWIRRT, UND DANN ENDLICH VERSTEHT MAN, WAS MIT EINEM LOS IST.
DU KANNST ABER NICHT EINFACH EIN MANN SEIN!
EINFACH NICHT, ABER ICH HABE EINE THERAPIE ANGEFANGEN UND DANN WERDE ICH HORMONE NEHMEN UND MICH AUCH OPERIEREN LASSEN UND MEINEN NAMEN ÄNDERN!
THERAPIE? MEINE TOCHTER BRAUCHT KEINE THERAPIE! UND UNNÖTIGE OPERATIONEN ERST RECHT NICHT!
BITTE?!
WAS WÄRE DENN SO SCHLIMM DARAN, EUER SOHN ZU SEIN?
ICH MEINE DAS ERNST!
ICH AUCH!

DIESES ENGE DING TRAGE ICH STÄNDIG, DAMIT DIE BRUST WEGGEDRÜCKT IST. UND ICH KAUFE NUR NOCH MÄNNERKLEIDUNG. ICH MACHE DIE THERAPIE UND SPARE AUF EINE BRUST-OP. UND ICH DACHTE, IHR WÄRT ETWAS AUFGESCHLOSSENER!
ICH KANN NICHTS DRAN ÄNDERN! ICH BIN EIN MANN! UND ICH HATTE GEHOFFT, IHR VERSTEHT DAS!
MEIN ZUG KOMMT MORGEN AUSSERDEM UM SECHS.

SIE WAREN DIE LETZTEN WOCHEN SEHR NIEDERGESCHLAGEN.
JA.
EINE THERAPIE, OUTING BEI FREUNDEN, UNVERSTÄNDNIS DER ELTERN.
DAS IST ALLES SEHR ANSTRENGEND UND BELASTEND.
JA.
FALLS SIE DAS GEFÜHL HABEN, DASS IHRE STIMMUNG NICHT BESSER WIRD UND IHREN ALLTAG WEITER EINSCHRÄNKT, DANN GIBT ES IMMER NOCH DIE MÖGLICHKEIT, EINE INTENSIVERE BEHANDLUNG IN EINER KLINIK FORTZUSETZEN.
VIELE MEINER KLIENTEN ENTSCHEIDEN SICH DAFÜR.
JA.

HEY, LEUTE! DIES IST DIE DREIZEHNTE WOCHE MEINER TRANSITION. ICH MERKE DEUTLICH, DASS ICH IM SCHULTERBEREICH MUSKULÖSER GEWORDEN BIN. MEINE T-SHIRT-GRÖSSE HAT SICH VERDOPPELT ...
WARUM SIND DIE GANZEN TRANSMÄNNER IMMER SPORTLICH ODER SCHLANK?
MEINE FAMILIE UNTERSTÜTZT MICH WIRKLICH GROSSARTIG.
SCHÖN FÜR DICH.

... AUCH WENN NOCH EIN LANGER WEG VOR MIR LIEGT, MUSS ICH SAGEN ...
... ICH BIN GLÜCKLICH!

l'homme
PARIS
Frisör Haarlich
geöffnet
Frisör Haarlich
geöffnet

AH,
ENDLICH REGNET
ES NICHT MEHR!

PASS AUF! DEIN SCHILD IST NOCH NICHT REGENERIERT!
NEIN, NOCH NICHT ANGREIFEN!
ABER ICH HATTE DOCH SO EIN BOOST-DING ...
ABER JETZT SETZE ICH MEINEN TRIPLE PUNCH EIN.
UND. DU. BIST. DOWN.
WIEDER EIN GLORREICHER SIEG DURCH LORD MARKO.
LORD MARKO, MUSST DU NICHT UM ZEHN WEG?
ES IST SCHON VIERTEL NACH.
DANN ZIEHE ICH MICH HIERMIT UNGESCHLAGEN ZURÜCK.
BIS DANN.
BIS DANN!
MANN, HABEN WIR LANGE GEZOCKT.
JA ...

ACH JA ...
NIMM MARKO NICHT ERNST. DER MACHT NUR SPASS ...
ACH WAS! MARKO KANN MICH MAL. ICH BIN NUR MÜDE.
WIE WÄR'S, WENN ICH HEUTE EINFACH HIER ÜBERNACHTE?
ÖHM, JA KLAR ...
DANKE, ANDREA. DU BIST EH DIE BESTE.

KANNST DU MIR DANN VIELLEICHT EIN T-SHIRT VON DIR GEBEN? ICH HAB JA NICHTS MIT.
JA, SICHER. IST DAS O. K. FÜR DICH, AUF DER COUCH ZU SCHLAFEN?
ODER KANN ICH NCIHT ...
... BEI DIR IM BETT SCHLAFEN?

HALLO!
HI.
HEY, ELSA ... SCHON WIEDER ZURÜCK?
HEY, ANDREA! AH, BRITTA, DU AUCH HIER!
JA, JAN HAT 'NE WOCHE FREIBEKOMMEN. DER IST NOCH DRAUSSEN UND PARKT DAS AUTO. ER BLEIBT DANN BIS NÄCHSTES WOCHENENDE HIER.
ACH SO.
DU, ICH GEH DANN BESSER MAL ...
ÖH, ALSO, DU KANNST RUHIG TROTZDEM HIER PENNEN ...
VIELLEICHT BESSER EIN ANDERMAL.
O. K.

JA, ÄHM, DANN KOMM GUT NACH HAUSE. TUT MIR LEID, DASS ELSA …
SCHON GUT.
ALSO ICH RUF DICH DANN MORGEN AN, O. K.?
HI, ANDREA.
O. K., NACHT!

Cappuccino 3,50€
HEY, ANDREA.
HEY!
HAST DU SCHON BESTELLT?
NEIN
ALSO WEGEN ...

HA, HA. DU ZUERST.
LADIES FIRST.
ALSO WEGEN GESTERN ABEND. TUT MIR LEID, DASS ICH DICH SO DOOF ANGEMACHT HABE. ICH HÄTTE DICH VORHER FRAGEN SOLLEN.
ICH BIN SO EIN IDIOT.
NEIN, BIST DU NICHT. ES IST NUR SO, DASS ICH GERADE EINE SCHWIERIGE ZEIT HABE, UND ICH BIN EINFACH VERWIRRT, WAS DAS GANZE ANGEHT.
ICH WEISS JA NICHT MAL, OB DU AUF FRAUEN STEHST.
DU STEHST BESTIMMT AUF MÄNNER UND ICH MACHE UNSERE FREUNDSCHAFT KAPUTT!
NEIN, MACHST DU NICHT. ICH BIN ANDERS VERWIRRT. ICH WILL ES DIR SCHON EINE GANZE WEILE SAGEN ...
WAS DENN?

WEIL, ES IST SO ...
ICH BIN TRANSGENDER.
TRANSSEXUELL?
JA.
SEIT EINIGER ZEIT GEHE ICH DESWEGEN SCHON ZUR THERAPIE, UM DANN BALD MEINE TRANSITION ZU BEGINNEN.
TRANSITION? HORMONE UND SO?
JA, HORMONE, BRUSTOPERATION, PERSONALAUSWEIS UND ALLES ANDERE.
JETZT VERSTEHE ICH DEIN PROBLEM.
IRGENDWANN BIST DU DANN EIN MANN ...

ABER VIELLEICHT KANN ICH DARÜBER WEGSEHEN, DASS DU EIN MANN SEIN WIRST?
ABER ICH WEISS NICHT.
ICH WEISS NICHT, OB DAS SO EINFACH IST, DU KANNST DICH JA NICHT FÜR MICH ÄNDERN. UND ICH WEISS NCIHT MAL, OB ICH DIR ZURZEIT GERECHT WERDEN KANN ...
HABT IHR EUCH SCHON ENTSCHIEDEN?
NEIN.
NEIN.

GUT ZU SEHEN, DASS ES IHNEN BESSER GEHT!
JA, IRGENDWIE ZIEHEN MICH DIE PROBLEME GRAD NICHT MEHR GANZ SO RUNTER.

UND ES GIBT JA AUCH EINEN LICHTBLICK.
JA, ZUM GLÜCK KANN ICH WIEDER MIT MEINEN ELTERN SPRECHEN, OHNE DASS EINE SEITE WÜTEND ODER ABWEISEND WIRD.

ICH BIN AUCH ETWAS AKTIVER GEWORDEN.
INWIEFERN?
ZUM BEISPIEL HABE ICH GESTERN ÜBERALL, WO ES MÖGLICH WAR, MEINE ANREDE VON „FRAU" ZU „HERR" VERÄNDERT.
DAS IST JETZT NICHTS GROSSES, WIE EINEN NEUEN PERSONALAUSWEIS BEANTRAGEN, ABER TROTZDEM.
UND ICH WERDE MICH JETZT AUCH NUR NOCH ALS „HERR" VORSTELLEN.
BIN MAL AUF DIE REAKTIONEN GESPANNT.

DIE MESSE IST JA RIESIG.
IST JA AUCH DIE GRÖSSTE COMPUTERSPIELMESSE EUROPAS.
SMASH
Compu

HALLE 5
HALLE
UND DIE VOLLSTE VERMUTLICH AUCH.
DIE JUNGS SAGEN, SIE SIND AN DER WIZZARD-ENTERTAINMENT-BÜHNE.
WAS HAST DU DENEN EIGENTLICH ÜBER MICH ERZÄHLT?
NUR, DASS ICH 'NEN KUMPEL MITBRINGE.
IRGENDWIE MACH ICH MIR DOCH SORGEN, WAS DIE DENKEN WERDEN.
DIE WERDEN DENKEN: „DER KAI IST MAL EIN TOLLER TYP!"
ALSO MACH DIR KEINE SORGEN.

AH, DA VORNE SIND SIE.
ICH KANN EUCH NICHT HÖREN!
HEY!
HI, MARKO!
HEY, DU KOMMST GERADE RICHTIG. DIE WERFEN GRAD GRATIS-SHIRTS.
DAS IST MEIN KUMPEL KAI.
HI.
HEY, NIELS.
HALLO, REINHOLD.
LAUTER!
WOOOOOOO!

NA, DAS LASS ICH MAL DURCHGEHEN!
NICE!
MIST, EIN GIRLIE-SHIRT, GRÖSSE S.
SCHADE.
SOLLEN WIR WEITER? WIR FANGEN EH KEINS.
HEY, MÖCHTEST DU DAS VIELLEICHT HABEN?
ECHT?

JA, KLAR. ICH KANN ES EH NICHT ANZIEHEN.
O MANN, DAS IST TOTAL NETT VON DIR!
DANKE! VIELLEICHT FÄNGST DU JA NOCH EINS FÜR HERREN!
CIAO!
TSCHÜSS.
ZEIG MAL.
COOL! DAS WAR ECHT NETT VON DEM!

AHA. MHM.
DIE BLUTWERTE SIND AUCH IN ORDNUNG ...
DANN KANN ICH MIT DER HORMONBEHANDLUNG BEGINNEN?
NEIN. SIE HABEN ZWAR DAS PSYCHOLOGISCHE GUTACHTEN EINGEREICHT ...
... ABER DER BEHANDLUNGSZEITRAUM SCHEINT MIR NOCH NICHT ANGEMESSEN.
SETZEN SIE ERST EINMAL DIE THERAPIE FORT.
DANN SEHEN WIR WEITER.

ZUDEM WÄRE ES VON VORTEIL, WENN SIE VOR DER HORMONBEHANDLUNG ABNEHMEN WÜRDEN.
ICH SCHREIBE IHNEN REHASPORT AUF.
DAS FORMULAR BITTE BEI DER KRANKENKASSE EINREICHEN.
UND DANN SEHEN WIR UNS IN EINEM HALBEN JAHR NOCH EINMAL WIEDER.
ÄH, DANKE.
BLÖDE KUH, DIE GLAUBT MIR WOHL NICHT, DASS ICH ES ERNST MEINE.
UND DANN AUCH NOCH SPORT, MÖH.

BODY HYPE
ICH BIN DANN VON DINKEL AUF LEINSAMEN UMGESTIEGEN. SEITDEM GEHT ES MIR VIEL BESSER!
O MANN, HOFFENTLICH SIND DA NICHT ALLE SO.
NEU!
GESUND!
SO, DAS IST DEINE PERSÖNLICHE HYPE-KARTE. DU KANNST DICH JETZT UMZIEHEN.
DANACH MACHEN WIR DANN DEINEN TRAININGSPLAN.
MH.
UMKLEIDE ...
UMKLE

UMKLEIDE
OJE, DA HAB ICH NOCH GAR NICHT DRAN GEDACHT.
UMKLEIDE
ABER ALS MANN GEHE ICH NATÜRLICH IN DIE MÄNNERUMKLEIDE.
HOFFENTLICH IST NIEMAND DA ...
UMKLEIDE
OH, SORRY.
HUCH!

GLÜCK GEHABT. AUSSER DEM TYPEN IST NIEMAND DA.
SCHNELL UMZIEHEN, BEVOR JEMAND KOMMT.
DICK, TRANS UND DANN NOCH SPORT VOR ANDEREN LEUTEN!
NA JA, AM ENDE WIRD ES SICH HOFFENTLICH AUSZAHLEN.

Königstraße
Könic
HEY, BRITTA!
OH, ÄH, HI.
IST ALLES IN ORDNUNG MIT DIR?
ICH KANN DICH SEIT WOCHEN NICHT ERREICHEN.
DU, ÄH, ALSO, ICH HAB EINFACH VIEL ZU TUN.
ICH HABE EHER DAS GEFÜHL, DASS DU MIT MIR EIN PROBLEM HAST.
SEIT WIR UNS IM CAFÉ GETROFFEN HABEN, HAST DU DICH IMMER WEITER DISTANZIERT.
TUT MIR LEID. ICH MUSS LOS.
BRITTA!
ERNSTHAFT?!

DAS WAR DANN VORERST IHRE LETZTE SITZUNG.
WAS WÜRDEN SIE SAGEN, WIE ES IHNEN RÜCKBLICKEND GEHT?
SUPER. ES WAR GENAU DIE RICHTIGE ENTSCHEIDUNG!

APOTHEKE
ACH, HALLO, MAMA! ICH KOMM GRAD AUS DER APOTHEKE.
JA, NEUE HORMONSPRITZEN.
OCH, GANZ GUT. ICH SEH SCHON AUS WIE MARKO.
NEIN, NICHT MÄNNLICH – PICKELIG.
...
MEINE STIMME IST ANDERS? MEINST DU?

ICH MERKE NUR, WIE ICH DURCH DEN STIMMBRUCH RUMQUIETSCHE.
MH NÖ, RASIEREN MUSS ICH NOCH NICHT. JA, HAB EINEN GEKAUFT.
NEIN, SONST HAB ICH ALLES. MANN BRAUCHT JA NICHT VIEL.
JA, DANKE, MAMA, ABER ICH KRIEG DAS SCHON HIN.
MIR GING'S NOCH NIE SO GUT.
DAS FREUT MICH, ANDR… KAI.

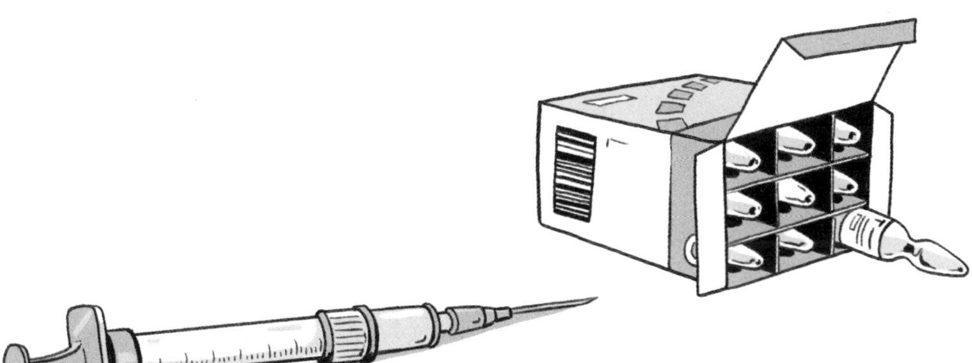

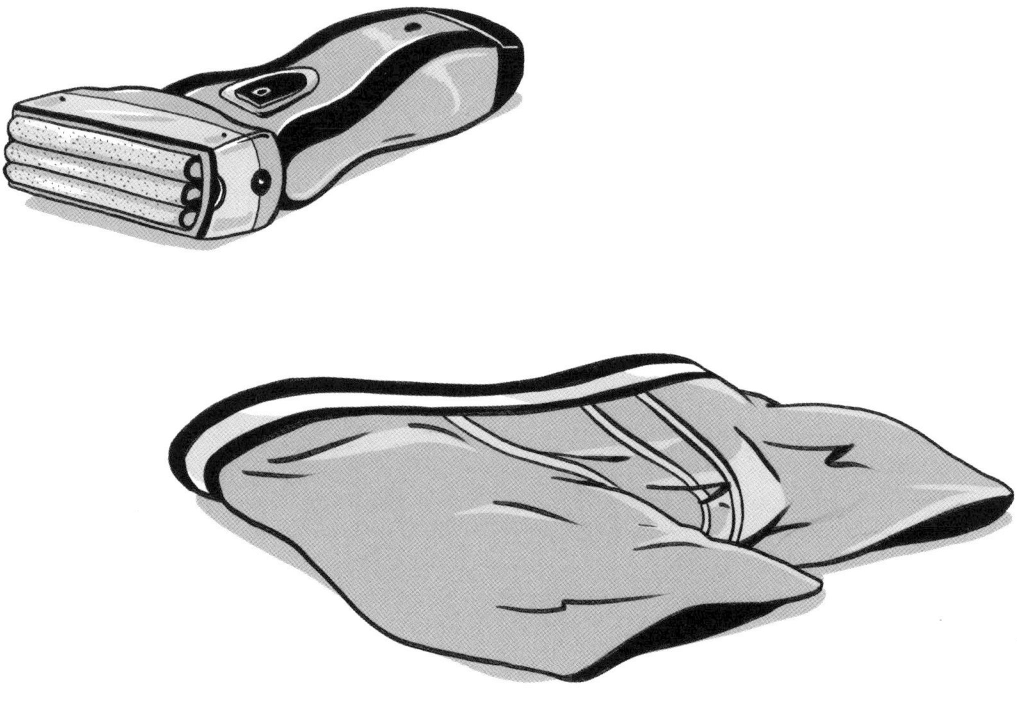